AF404577

LA VALEUR

A MONSEIGNEUR

LE DUC

DE LUXEMBOURG.

ODE.

LA VALEUR

A MONSEIGNEUR

LE DUC

DE LUXEMBOURG

O D E.

Jadis la simple Muſette

Accompagnoit mes chanſons :

Mais aujourd'huy la Trompette

Demande de plus hauts ſons.

En faveur de mon Mécène,

Dieu des vers, donne à ma veine

La force de le chanter :

Mon zele en vain m'encourage,

Je tremble, quand j'enviſage

L'effort, que je vais tenter.

Et toy, digne fils d'un pere,
A qui je dois mon loifir,
Toy, qui foigneux de luy plaire
Previns tousjours fon defir,
Ne croy pas, qu'un long filence
Ait de ma reconnoiffance
Affoibli le fentiment.
Non, tout plein de fon merite
Sans ceffe je le medite,
Pour le loüer dignement.

Ciel! quelle moiffon de gloire
Se prefente à mes regards!
Je voy par tout la victoire
Voler fous fes eftendarts.
Icy le Germain fuccombe:
Là le Batave, qui tombe,
Du Belge avance la mort:
Et dans leur chute funefte,
J'entends le vainqueur modefte
Des vaincus plaindre le fort.

A travers la nuit obscure,
Luxembourg, je t'apperçoy.
Crois-tu forcer la nature
A se dementir pour toy ?
Arreste, ou pluſtoſt recule.
Icy le vaillant Hercule
N'auroit trouvé qu'un écuëil.
Ce marais enflé de glace
Fondant ſous toy te menace
De te ſervir de cercuëil.

Vain conſeil ! crainte importune !
Je reconnois mon erreur.
Luxembourg ſuit ſa fortune;
Et Worden le voit vainqueur.
Tel & moins heureux encore
Couroit le fi's de l'Aurore
Au ſecours du beau Paris :
Et tel avec moins de joye
A la conqueſte de Troye
Voloit le fils de Thetis.

Luxembourg non moins rapide

Qu'un Aigle fendant les airs,

De Bellone qui le guide,

Suit les mouvements divers.

La Sambre à ceder reduite

Voit ses deffenseurs en fuite,

Et leurs escadrons rompus.

Presage heureux de la gloire,

Qu'une plus ample victoire

Luy promet devant Fleurus.

Le brillant flambeau du Monde

Precipitant son retour,

Sort plus lumineux de l'onde,

Pour esclairer ce grand jour.

Desja la noire fumée

De l'une, & de l'autre armée

Me cache les combattants.

Quels coups esbranlent la Terre ?

Jupiter de son Tonnerre

Frappe-t-il d'autres Titans ?

Mais à ce bruit effroyable
De tant de foudres lancez,
Se mesle un cry lamentable
Des mourants, & des blessez.
Non loin de ces voix plaintives,
La Sambre inonde ses rives
Du sang, qui grossit ses eaux;
Et la Terre ensanglantée
A la veuë espouvantée
N'offre que d'affreux tableaux.

A quoy s'expose du Maine?
Veut-il perir aujourd'huy?
Son grand courage l'entraisne
Où tout fait trembler pour luy:
En proye au plomb homicide
Qui tombe en gresle rapide
Peut-il estre en seureté?
Que dis-je? le coup de foudre
Qui met son cheval en poudre,
Grace au Ciel, l'a respecté.

Cent bouches d'airain vomiſſent
Un fer , qui vole enflammé :
Les Foreſts en retentiſſent :
Tout l'air en eſt allumé.
Ce grand bruit s'eſloigne ; il ceſſe :
Des chants confus d'allegreſſe
A la joye ouvrent mon cœur ,
Que voy-je ? quelle defroute !
C'eſt Valdeck , qui fuit ſans doute !
Et Luxembourg eſt vainqueur.

Quoy ? desja ſans prendre haleine ,
Tu cours à d'autres exploits ?
De Leuze la vaſte plaine
Fume du ſang Hollandois.
Valdeck plein de confiance
Croit tromper ta vigilance ;
Et n'eſſuyer plus d'affronts.
Tu le pourſuis, tu l'arreſtes ;
Et de nouvelles tempeſtes
Tombent ſur ſes eſcadrons.

Mais aprés cette victoire,
Crains quelque revers fatal.
Naſſau jaloux de ta gloire
S'avance en digne rival.
De la nuit les voiles ſombres,
Des bois les eſpaiſſes ombres
Raſſeurent ſes bataillons;
Et fier de ſes avantages
Du beau ſang que tu meſnages
Il fait rougir les ſillons.

Voit-on Lyonne, ou Tigreſſe
Dans les deſerts Afriquains
Contre un Chaſſeur, qui la preſſe
Porter des coups plus certains?
Tel Luxembourg, qu'on irrite
Dans le courroux, qui l'agite
L'inſpire de rang en rang.
Jamais Ilion en cendre
Sur les rives du Scamandre
Eit-il verſer tant de ſang?

Mais une crainte subite
Me glace, & m'arreste icy.
Quelle infortune merite
Les pleurs de Montmorency ?
Je tremble… Ah ! je voy Turene
C'est luy mourant, qu'on ramene,
Coup fatal à sa maison !
Faut-il qu'une telle plante
Tombe sous la faux tranchante
Long-temps avant sa saison.

Je fremis de la vengeance,
Ombre du jeune Heros.
Le carnage recommence,
Et le sang coule à grands flots.
De morts la terre se couvre :
On diroit que l'enfer s'ouvre.
Enfin tout succombe, ou fuit :
Et d'une fuite si prompte
Nassau va cacher la honte
Sous les voiles de la nuit.

Parmy les chants de victoire,
Dont l'esclat perce les Cieux,
Regne une tristesse noire,
Qui se peint dans tous les yeux.
Chartres d'un sang heroïque
Baigne la plaine Belgique
Luxembourg est effrayé ;
Et par une seule goutte
Du sang, que ce combat couste
En croit le gain trop payé.

Que ne suis-je au haut du Pinde
Du Dieu des vers inspiré,
Pour celebrer de Nerweinde
Le succez inesperé ?
Là les chefs des deux armées
De mesme ardeur animées.
Tentent des efforts nouveaux ;
Et la fortune bifarre
Balance, & ne se declare
Pour aucun des deux Rivaux.

Mais en ce moment s'avance
Une elite de Guerriers,
Qui brusloient dés leur enfance
De moiſſonner des Lauriers.
A cette jeuneſſe illuſtre
Adjouſtent un nouveau luſtre
Conti, Chartres, & Bourbon
Heritiers, & Fils ſi dignes
De tant de Heros inſignes,
Dont ils ſouſtiennent le nom.

Le Combat ſe renouvelle,
Plus ſanglant & plus cruel,
L'attaque eſt par tout mortelle
A qui porte un coup mortel.
Un * Fils, pour ſauver ſon pere,
En victime volontaire
Ne craint point de s'immoler :
Devant Luxembourg ſe place,
Et du bras, qui le menace
Reçoit le coup ſans trembler.

* M. le Duc de Montmorency aujourd'huy Duc de Luxembourg.

Tu

Tu rougis de la loüange ,
Montmorency , je me tais :
Et mon silence te venge
Par l'effort , que je me fais.

Ailleurs la crainte m'entraîne :
Des yeux je parcours la plaine
Où brille un fer menaçant
'y vois Luxe * plein d'audace
A grands pas suivre la trace
Des Heros , dont il descend.

Je le vois perçant la foule ,
Qui croit l'avoir terraßé ,
Porter , pour son sang qui coule ,
La mort à qui l'a verßé.
J'admire son jeune frere , *
Qui fier du nom de son pere :
Veut l'illuſtrer à son tour.
Tant de valeur à son âge
Eſt l'infaillible presage
De ce qu'il doit eſtre un jour.

* M. le Duc de Chaſtillon
* M. le Chevalier de Luxembourg aujourd'huy Prince de Tingry.

Eſt-ce Chartres ? quel ſpectacle !
Ciel, ne l'abandonne pas.
Pourra-t-il ſeul ſans miracle,
Reſiſter à tant de bras ?
Mais ma crainte ſe diſſipe :
Le vaillant fils de Philippe,
S'arrache à ceux, qui l'ont pris :
Et l'eſpouvante, qu'il donne
A tout ce qui l'environne
De ſa rançon eſt le prix.

Sur la longue reſiſtance
De Naſſau tousjours conſtant,
Bourbon ſonde l'eſperance
D'un ſuccez plus eſclattant
Luxembourg dans cet augure,
Prevoit la gloire future
Du jeune & brave guerrier ;
Et croit voir en luy renaiſtre
Ce grand, cet illuſtre maiſtre,
Qui l'inſtruiſit le premier.

Que voy-je ? infolent, arrefte ;
Tu n'as que trop hazardé :
Cours, & defrobe ta tefte
Au neveu du grand Condé.
Refpecte en luy fon courage.
Le Ciel aux coups de ta rage
Ne l'a point affujetti.
Il frappe le temeraire ;
Et fa mort eft le falaire
Du coup, que reçoit Conti.

Tout le feu de la tempefte
Va s'efteindre avec le jour :
Et la victoire s'apprefte
A couronner Luxembourg.
Le Germain fuit fans defenfe,
Ou dans la Gefte il s'eflance.
Defefperant de fon fort ;
Et comblant l'onde funefte
Sert de pont à ce qui refte,
Pour efchaper à la mort.

Dans cette image fidelle,

Voy ton pere, & tes Ayeux,

Luxembourg, que ce modelle

Soit tousjours devant tes yeux.

Que toy, tes fils, & tes freres

De la gloire de vos peres

Soyez tousjours revestus ;

Et qu'aux derniers temps du Monde

Ta Race en Heros feconde

Fasse admirer ses vertus.

                          L'ABBE' ABEILLE.

A   P A R I S,

De l'Imprimerie de Jean Baptiste Coignard,
Imprimeur ordinaire du Roy, & de l'Académie.
Françoise, ruë S. Jacques. 1714.